júlio machado

nasceu em 1975, em Pouso Alegre, sul de Minas. Reside em Niterói e é professor de Literaturas Africanas na Universidade Federal Fluminense. Em poesia, recebeu, dentre outros, os prêmios Xerox/Livro Aberto (1997), por *O itinerário dos óleos* (1997), e *Nascente* (USP/Editora Abril) (2002), por *Mimnas* (não publicado). Publicou, em 2016, *O quintal e o mundo* (Editora Kazuá). Como dramaturgo, escreveu *A profecia* (1998) e *Luzia* (2007), encenadas pelo Grupo Pândega e pelo Teatro do Brejo Bento, respectivamente.

LAGAR DE FALA

júlio machado

editora Urutau
primeira edição
2022

○ —

editora Urutau

avenida peirao besada, 6 – 2D
36163 poio-pontevedra
(espanha)

rua cajus, 478
jardim das cerejeiras, cotia — sp
brasil
06724-015

[+55] 11 94859 2426 [brasil]
[+34] 644 951 354 [galiza]

www.editoraurutau.com.br
contato@editoraurutau.com.br

[EDITORA]
debora ribeiro rendelli
[REVISÃO]
carolina amaral
[PROJETO GRÁFICO]
wladimir vaz
[COORDENAÇÃO GRÁFICA]
tiago fabris rendelli
[DIAGRAMAÇÃO]
victor h. azevedo
[CAPA]
victor h. azevedo, sobre fotografia de alexander gardner

dados internacionais de catalogação na publicação (CIP) de acordo com ISBD

machado, júlio
M149l lagar de fala / júlio machado. — cotia : urutau, 2022. 108 p. ; 14cm x 19,5cm.

ISBN 978-65-5900-289-4

1. literatura brasileira. 2. poesia. I. título.

CDD 869.1
2022-1739 CDU 821.134.3(81)-1

elaborado por odilio hilario moreira junior - CRB-8/9949

sumário

I — COLO

II — TERRAPLUMAGENS

III — LAGAR DE FALA

I - COLO

(Colo, -is, -ere, colui, cultum. VTD. Ocupar; colher)

We are here because you were there.
(Estamos aqui porque vocês estiveram lá.)
Suketo Mehta, This land is our land, 1980.

Nous sommes ici parce que vous étiez là-bas.
(Estamos aqui porque vocês estiveram lá.)
Anônimo. Pixado em um muro de Saint-Denis, 2008.

Chúng tôi o dây vì quí vìdã o dó.
(Estamos aqui porque vocês estiveram lá.)
Huong Ndô, artista visual vietnamita, 2016.

latrina-rima

As volúpias da fé, quais as do império,
fedem mais que as fezes frescas dos fetos.
Se é isto o que se tem por refrigério
em meio à pasmaceira dos dejetos,
e o rei assim o diz, já sem mistério,
dos mesmos camburões, sempre repletos,
as glórias cantarei, bem que disperso,
se tão ferino esgoto cabe em verso.

oração ao deus insone de ourique

A fé de ferro e de truz
que nos valeu em Ourique
foi, entre fogo e entre cruz,
entre trevas e entre luz,
um truque de Afonso Henriques.

E a messe que dela houvermos,
Deus dê que ela frutifique
em cada nau, cada buque,
sem dar a ver o que é pique,
Napalm, mosquete ou muque.

Que o estuque de nossa fé,
esculpida em pau a pique,
fique assente entre inimigos
de Benguela, de Malaca,
Pernambuco e Moçambique.

E que o repique dos sinos
(não o sorrir dos batuques)
sirva de baque aos ouvidos
enquanto a luz dos lingotes,
um a um, nos purifique.

outro sonho após a ceifa

Na messe que enlourece, estremece a quermesse,
e o que no horizonte agreste se desvanece e esboroa
é a alma preste do outro, não o ouro de que se reveste a coroa.

Mas enquanto soam cínicos e suaves os sistros e as cítaras
o bater do martelo na bigorna prepara as cimitarras para a forja
e a foice colhe mais do que sonhos de sorgo, milhete e pólvora.

E transidas ante o atroador clangor, as deidades de Ourique
fogem fluidas, fedendo à fina flor dos fenos e dos ferros.
E o sol, o bestial girassol, findo o Napalm e o formol, esmorece.

Tudo

(o globo, o orbe, a urbe, o ultramar, os sete mares, o mare nostrum,
as penínsulas, os istmos, os cabos, as ilhas, as Índias, a Índia, a
Indochina, a China, os Brasis, os Andes, as Antilhas, as Malvinas,
as Maldivas, a Fenícia, as Arábias, a Abissínia, a Guiné, o Congo,
o Gâmbia, o Ganges, as Guianas, o Gólgota, o Xingu, o Amazonas,
o Alasca, os pampas, as savanas, as estepes, os desertos, os desterros, o
Magrebe, as Rodésias, os sertões, os emirados, o álefe, o alfa, o ômega,
o ohm, o uhn, o yin, o yang, o outro, o firmamento, as dez mil coisas)

vale

(a letra, a libra, a lira, a dobra, o dobrão, o dólar, a coroa, a cista,
o siclo, o cruzeiro, o cauri, a concha, o kwanza, o brend, o iene, o
rand, o rial, a rúpia, o rublo, a dracma, a prata, a pataca, a mealha,
o marco, o metical, o dinar, o dirrã, o franco, o florim, o xelim, o
câmbio, o cobro, os cobres, os contos, o escudo, o peso, o euro, o ouro,
os louros, o lingote, o laudêmio, o óbolo, o sol, o sal, o soldo, o troco, a
troca, a espórtula, a esmola, a limosna, o vintém, o tostão, a tença, o
quilate, a oitava, a onça, os réis, os trinta dinheiros)

a pena

(o pelouro, o açoite, o tronco, a tranca, o chumbo, o ferro, o fogo, o afogo, o malho, o relho, o cepo, a lança, a maça, a morsa, o martelo, o extrator, o garrote, a trincha, a tez, a ECT, o extensor, a tenaz, a tersa, o terçado, a torquês, a teaser, a prensa, o ácido, a pua, o pau, a farpa, a forca, a forquilha, a fogueira, a gargalheira, o arame, o lanho, o lenho, a infâmia, a cãibra, a máscara, a marca, a brasa, a sífilis, a varíola, a lobotomia, o mal gálico, o alicate, o pau-de-arara, a donzela-de-ferro, o potro, o touro de bronze, o dessenador)

se

(a retórica, a dialética, a premissa, a poética, a prédica, o predicado, o prefácio, a profecia, a metáfora, a hipótese, a hipotenusa, a glosa, a doxa, o discurso, o silogismo, o teorema, a conjectura, o código, o cogito, o sunt, a sinopse, a sinapse, o versículo, a erística, a estética, a estatística, a exegese, a hagiografia, a hermenêutica, a homilia, a parenética, a prognose, o a priori, o sofisma, o sufismo, o sermão, o diagnóstico, o ad hoc, o adendo, o caput, a propaganda, o jingle, o slogan, a paranoia, a gestalt, a gestapo, o quod erat demonstrandum)

a alma

(a anima, a álima, a mancha, a aragem, a fleugma, o pneuma, o nume, o alento, o lampejo, o elã, o afã, o fantasma, a avantesma, o entusiasmo, a visagem, o arroubo, o arrojo, o jorro, o sopro, o gozo, o esporro, o blefe, o bufo, a bufa, o alvitre, a alvíssara, o flato, o aflato, o fluxo, o refluxo, o respiro, o viço, o inquice, a raça, a brasa, a

brisa, a chama, a flama, a gana, a centelha, o vento, o zéfiro, o este, o sueste, o siroco, o esboço, o estro, o debuxo, a tosse, a musa, o fôlego, o resfôlego, o espírito, o cio, o alívio, o ímpeto, o lítio, o lírico)

não é.

barbárie

Gosto (de sangue) não se discute:
o rei asteca sacrificava garotos
em honra dos abacates;

mas a Inquisição ibérica dos velhotes
aplicava garrotes e alicates
aos vates de Calicute.

aluvião

três coisas que se lavram
(para a messe do ouro):
o campo-santo
o sangue
o pelouro

&

três coisas que se acolhem
(no santuário da caça):
o ouro
a glória
a graça

ou

três coisas que se lavam
(com a luxúria da praça):
o ouro
a glória
a graça

&

três coisas que se colhem
(após a lixívia do ouro):
o campo-santo
o sangue
o pelouro

quatro lápides ou da infortuna de el rey dom joão v

Antônio Manuel Machado-Homem,
nado em Lisboa no ano da graça
de hum mil seiscentos e oitenta e oito;
algebrista perfeito por seu modo
estoico de obrar com gosto e sem logro
toda sorte de operações de ossos;
experimentou morte natural
por exprobro das práticas judaicas
que em as barbas de El Rey ousou fazer.
(Quatro juntas de bois o desfizeram,
tangidos a ferro, em rosa dos ventos.)

Beniamin al-Aziz da Cunha e Silva,
posto à luz em Fátima, Serra d'Aire,
na graça de hum mil seiscentos e oitenta;
sangrador de fama em Alcácer do Sal
e sábio no mister de ministrar vermes
de suga a pescoços rotos e imberbes;
experimentou morte natural
por expio dos versos ismaelitas
que em as ouças de El Rey ousou soprar.
(Dessangrou-se-o pela língua pendente,
estirada que esteve no estrapado.)

Ana Jiofranca Jimenez Joomia,
colhida em Mazagão, dita El Jadida,
em ano esquivo e impreciso dia;
mezinheira de mão cheia e versada
nas artes de acordar com ervas raras
o membro do varão, se já dormia;
experimentou morte natural
por expurgo das drogas egipcíacas,
que às entranhas de El Rey quis empuxar.
(Impuseram-lhe aos imos um incêndio
feito de fogo e pó de escaravelhos.)

Sua Magestade, El Rey Dom João V,
o freirático, o magnânimo, o Sol
desde hum mil seiscentos e oitenta e nove;
gozou da vida como bem lhe aprouve,
mercê das camas que bancou c'o quinto
do ouro extraído no horror das Minas;
experimentou morte natural
por fratura de fêmur e caroços
que o infestaram do pescoço ao pinto.
(Socorro nenhum lhe valeu por falta
de algebrista, sangrador e mezinheira.)

monólogo sobre a conversão do gentio

Por força dos santos e da cerveja,
tão bêbado entrarei naquela igreja
que Deus, entre címbalos e seios, seja.

PRETÉRITO PERFEITO:

As you like it / [Como queiram]
ou
Cosi è (se vi pare) / [Assim é (se lhe parece)]

PRETÉRITO MAIS-QUE-PERFEITO:

{ } ou Ø

PRETÉRITO IMPERFEITO:

... as priscas eras o antanho o outrora o era uma vez
o *in illo* tempore o trasanteontem o anteontem o ontem o quase hoje
o ainda há pouco o hoje o agorinha mesmo o entrementes o interregno
o enquanto isso o agora o *hic et nunc* o evém o já já o daqui a pouco
o logo mais o ainda hoje o doravante o amanhã o depois de amanhã
o porvir o ...

PRESENTE:

Καταλαμβάνω Ego colo
שבוב ינא لتحا
私が占める 我占据
Ik bezet Ek beset Ich besetze
я занимаю işgal ediyorum
I occupy Yo ocupo Io occupo J'occupe
Eu ocupo

CONDICIONAL:

Senão a menos que todavia porém contudo mas na hipótese de no caso de
em função de tendo em vista que na medida em que no entanto caso se assim for:
i. é, c'est-à-dire, is that, ou seja: não.

FUTURO DO PRETÉRITO:

... o porvir o depois de amanhã o amanhã o doravante o ainda hoje o logo mais
o daqui a pouco o já já o evém o *hic et nunc* o agora o enquanto isso
o interregno o entrementes o agorinha mesmo o hoje o ainda há pouco
o quase hoje o ontem o anteontem o trasanteontem o *in illo* tempore
o era uma vez o outrora o antanho
as priscas eras ...

FUTURO DO PRESENTE:

$$y = f(x)$$

Onde:
y = futuro do presente
x = presente

gaiolas de gorée

Não é surpresa morrer
de gonorreia em Gorée.
Tampouco é surpresa ter
uma gangorra ao pescoço
ou sangue a escorrer do rosto
como se viu em Gomorra,
como se vê em Gorée.

Se algum membro devém roxo
de gangrena, caso ocorra,
e o arredondado da coxa
repuxa o pé e os artelhos,
melhor deixar que se morra:
não há socorro (só ferro)
nas masmorras de Gorée.

É certo que os traficantes
de antes, ontem e hoje
dirão que não há gaiolas
nem gangrena nem gangorra
nem gonorreia sangrenta
a tingir de rouge a lua
no horizonte de Gorée.

Mas a lua que se avista
das gaiolas de Gorée
não é a mesma que escuma
nas enseadas profundas
de Nice e de Amsterdam,
ou em sonhos de Matisse,
Picasso, Goya ou Gauguim.

Só para eles é única
a túnica dessa lua
feita de sangue e de pus.
E após o pus não se ri,
não sendo gozo o que escorre
das gônadas agônicas
das gaiolas de Gorée.

Não são sanhudos sanhaços,
bemóis rouxinóis de fábula,
os pássaros que se exibem
nas gaiolas de Gorée.
Nem são galos fesceninos
tecendo, embora sozinhos,
a mentira da manhã.

Não há que esperar a aurora
nem estrela, nem cometa,
nem sol que não seja negro
e nos possa socorrer:
a noite vige instalada
e a lua mesma está presa
nas gaiolas de Gorée.

é isso um osso?

O teste-
munho
cego de
Primo
Levi
dizendo
aos seus:
acaba-
remos
como
os Pig-
meus,
levou-
me ao
fundo
do poço.

Como se
de um
rede
-munho
de des-
troços

emergisse
não a voz
de um
colosso
de Rodes,
mas o humor
maligno
de um Pig-
malião
sem ossos.

apocalipse now

GUINÉ: É neste Teatro de Operações que, tacticamente, mais se carece da utilização de meios incendiários (...).

Relatório do Tenente-Coronel José Luís Ferreira da Cunha, do Gabinete do CEMGFA, 9 de maio de 1973

Em tons de cinza e perfumes
de enxofre e de azoto,
entre o arroto do sexto
e o sol do sétimo selo,
despiu-se o céu do que fosse
algodão doce e novelos.

E os anjos, um após outro,
montados não em ginetes,
mas em dorsos de Alouettes
ou em galgos gafanhotos
feitos de ferro e a fio
de estilete e de gilete,
despejaram sem bandejas
velhas botijas de fogo
que os alquimistas de Midland
trocaram por prata e ouro.

Vinham vazios de bolsos,
mas traziam nas virilhas
o chorume dos escrotos

e algoritmos de Patmos,
decorados com denodo:

Queimar de Napalm a palma
da mão de cada menina,
e da linha de palmeiras
não deixar senão a linha
de Marte; e nenhuma sorte
que não seja rente à morte
restar ao ror dessa gente
que a rigor sequer é gente.

(Nas ondas curtas do rádio,
voz de gramofone fanho,
a um só tempo e sem pressa,
o Embaixador para a Paz,
com as bênçãos do arcipreste,
desfia a fio uma prece:

Gritam os ratos ingratos
e os ignaros, em levas,
que andamos a destruir
quando o que damos é luz
ao coração dessas trevas;
essa barbárie de modos,
essa ausência de costumes,
esses rebanhos não mansos,
esses deuses manipansos,
esse imprecar noite e dia
contra a cruz que é nosso guia,

isso sim é morticínio,
isso sim é Cracatoa,
não o nosso abençoado
palmitato de alumínio,
nem o gasóleo que voa,
volátil como os discursos,
certeiro como o destino.)

O sol ao léu, quase posto,
dilatado no horizonte
como o rosto varonil
daquele que, por suposto,
tudo vê, mas nada viu,
quedou-se quieto, imoto,
entre os mesmos tons de cinza
e fumos de enxofre e azoto.

E a nuvem de Allouettes,
feita a razia da terra,
feita a higiene das gentes,
seguiu, como as cotovias,
a missão de anunciar
o dia que só pertence
ao hemisfério de cima;
aos de baixo, o rouxinol
virá revirar no bico,
feita de sangue e de sal,
essa noite que não finda,
esse *Apocalipse now*
ora em Trang Bang,
ora em Bissau.

argamassa

Saíram levando dali o soldado,
que já apodrecia.

BERTOLD BRECHT

Em meio à guerra,
enquanto a morte
vence e avança,
há sempre um soldado
que erra e que dança
sem a devida
licença.

E entre as pernas
desse soldado
que erra e que dança
sem a devida
licença,
avançam as asas
de uma ave
que passa e que pousa
e faz do vento
uma espécie de alma
mais densa
e mais cava.

Se não me engano,
essa alma

mais densa
e mais cava
é o que se chama
argamassa
quando ao que resta
do corpo
damos o nome
de casa.

lobotomia

Os dados ou os dedos
dos deuses, mancomunados,
plantaram um pé azedo
de comigo-ninguém-pode
no canteiro azul-ferrete
do meu lóbulo esquerdo.

E como não me valessem
mezinhas de igreja
nem rezas de bruxas
nem debuxos de Freud
temperados
em furnas de Jung
nem mergulhos vulgares
em mares psico-
                                        trópicos,
tricotaram-me os nervos
com a sanha sem nós
dos picadores de gelo.

Se dois terços perdi
da noção que tinha do fogo,
do gozo, da mesa posta

ou da lã disposta em novelo,
guardei no cerebelo,
em memória do malogro,
a estátua que fizeram
à glória daquele ogro,
celebrado em louros
e dropes
de anis.

Mas que recaia no colo
dos homens que nunca dormem
(*erga omnes!*)
a sombra drosófila de
Egas Moniz,
lobo do lóbulo do homem.

das sarjetas da pátria

Escol. Substantivo masculino.
A flor, o escolhido, a parte mais distinta, a nata,
o melhor de qualquer série ou grupo.

Escória. Substantivo feminino.
Matéria que se separa dos metais quando
se purificam; fezes; a parte vil e baixa da plebe.

Caldas Aulete, Dicionário Contemporâneo da Língua Portuguesa

O escol que dorme nos corredores da pátria

A escória que acorda nas sarjetas da pátria

pensa que é (mas não é) melhor do que a escória.

não pensa que o escol escória também seja.

Pensa que sabe (mas não sabe) os caminhos

Não sabe que pensa enquanto preza os caminhos

do crime que (de tão gordo) sempre compensa.

do crime que, parco e pouco, nunca compensa.

Pensa que pensa, mas não pensa, apenas prensa

Pensa que faz, mas não faz qualquer diferença,

cada pescoço que ao seu caminho atravessa

a não ser aquela que o escol lhe dispensa

se em camburões vai conduzida ou conduzindo

o que resta (se resta) às sarjetas da pátria.

dramatis personae ou *unidos, venceremos*

Nós,
os
caixeiros viajantes,
os
motorneiros de bonde,
os
pontos de teatro mambembe,
os
tocadores de oficleide,
os
provadores de guacamole,
os
pintores de guache,
os
clowns de sapatilha,
os
depenadores de ganso,
os
papagaios de realejo,
os
professores de literatura,
os
poetas laureados em jogos florais,

os
períodos compostos por subordinações adjetivas;

nós, os brasileiros, unidos,
venceremos.
A quem?

ode anódina a uma neta anônima de iracema

Cala a boca, cabocla,
te pipoca, volve à oca,
retorna àquela toca
oca onde escondes teu leite
de onça; ali onde a louça
é pouca e a nuca ruça
de mula roça o chão
que toca; volve, não
demora, que a sede
de rede do sinhozinho
é pra agora; nem pede
algum remédio reverso,
que verso nenhum te acode
entre a ode e a foda;
nem métrica alguma mede
o negrume da graúna
ou o gume da tua vulva;
anda, casmurra,
descerra a lama daquela
serra que já não azula
no além de Alencar
e repete, à guisa
de mote ou de coda:
volve à oca,
volve à oca.

a montra

À ex-prostituta que vi, sem pejo,
ajoelhada no seio de uma igreja.

Não reclame daquela
que ali se mostra,
a montra, a mondronga
cuja aparência remonta
à era dos monstros
de terno e lapela.

Antes ame o que nela
era grota pronta ao sexo
e hoje, embora desmorone
como tora exposta ao tempo,
aguarda, mais do que a morte,
outra sorte de primavera.

a prédica

Na parede do prédio, nua e crua,
a prédica evangélica pichada:
curamos sem garrafadas a Aids,
a sífilis, a criança viada.

Desnuda na sarjeta, rota, a parca
humanidade, pouca e dessorada,
que nos resta desde Pessoa: diabo
rindo à toa ou metade de nada.

tão macio ou mais

Se não me engano, era de pinho,
não de eucalipto ou sarrilho
de ipê o porrete roliço
com que me batia aos domingos.

Se não me engano, era de paina,
não de painço ou de palha ou pena
de ganso o travesseiro velho
com que me dei paz e descanso.

e andamos sobre as águas

A menos que o céu desabe,
nos sói andar sobre as águas.

De uma velha quadra sebastianista

Presos à terra,
dávamos graças
ao deus plumado
que nos domava.
E na alvorada
de Pentecostes,
solicitamos
que o bem nos desse
de, ao menos hoje,
voar com ele
feito andorinhas
de suas hostes.

_ Ó deus das aves,
leva-nos, leves,
por esses ares,
como tu mesmo,
mesmo que seja
como os picanços
que nos atacam
sem dar descanso
ou os milhafres

que espalham fezes
sobre os telheiros
de nossas casas.

Ao que ele riu,
solto nos ares:
_ Vede e entendei:
só mesmo um deus
pode voar
não tendo asas.
Seria eu mesmo
pássaro ou deus
se, como as aves,
também voásseis?
Ficai, portanto,
como alimárias,
ao rés do chão
de vossas casas,
fazendo odes
à obediência
e relembrando,
sem ter ciência,
a eficiência
de velhas rezas.

Ante o remoque,
mesmo de um deus,
não há orgulho
que não fervilhe.

E com presteza
nele miramos
nossas forquilhas,
nossos bodoques
e desbancamos
sem dor nem dó
esse deus-ave
que nos domava.

Voar, de fato,
nunca voamos,
mas nossa alma,
desde esse dia,
passou a andar
por sobre as águas.

mea culpa

Hoje cedo, na Rua do Ouvidor,

quantos brancos horríveis

(um espelho, inclusive)

eu vi.

estirpe

Toda casta
que se presta
a ser isto:
quisto
de racista,
misto
de fascista,
é,
como Augusto,
nefasta.

Toda banda
que desanda
a ser funda
reprimenda
na bunda
jucunda
de quem manda
é,
como Davi,
um rubi.

redenção

Em plena noite, por açoite,
não por acicate,
hão de lhe oferecer o gume
de uma fruta.
Não colha.
Escolha,
entre o deus e a puta,
entre o lobo e a folha,
alguém que não o encolha,
antes que se afogue no lodo
ou que o engula a bolha.
Escolha.

Em plena noite, por acinte,
não por deleite,
hão de lhe estender o cálice
de cicuta.
Não aceite.
Escuta: se vires um deles
em pele de deus ou de puta,
não discuta, mate,
antes que seja tarde
ou nunca.
Escuta.

seis propostas para o próximo minuto

Fingir que é sem sabor o sal do outro
(sem ver o sensabor que há no nosso).

Girar o cabo esquálido da adaga
(sem dar por qual artéria ela resvala).

Velar o corpo inválido do outro
(sem ver o violáceo do seu rosto).

Deixar em paz os ciscos do umbigo
(enquanto os vermes buscam por abrigo).

Morder incontinente os próprios lábios
(até que o vinho tinto saiba a sangue).

Deixar que o sangue escorra pelo chão
(até que a própria vida esteja estanque).

ave, césar

Ave, César,
que o AVC
não te impeça
de ver pela TV
o século
que começa;
que o infarto
do miocárdio
não te farte
da miséria
que nos invade;
que a sorte
que te inunda
o córtex
não te destroce
a prole imunda;
que o câncer
não te canse
a pança
em meio à dança
dos tumores;
que os humores
desarranjados

não te dessorem
a alma com uma
falsa calma
fitoterápica.

Vede, César, sem vir nem vencer:
o que se arrasta e arrasa,
sem ódio e sem pressa,
não é o sol, é a sombra
de mais um século
que começa.

II — TERRAPLUMAGENS

TERRA. s.f.
O planeta em que habitamos.
A parte pulverulenta e branda de solo que produz os vegetais.
Pó, poeira.
Solo, chão.
Campo, terreno, planície.
O mundo, a vida temporal.

PLUMAGEM. s.f.
O conjunto de penas que vestem uma ave. As plumas de adorno. *Bater a linda plumagem* (expr. fam.), fugir.

Caldas Aulete, Dicionário Contemporâneo da Língua Portuguesa

a casca e o núcleo

Um belo rótulo
não vale a cópula
de uma libélula;

nem vale o voo
de um só besouro
por sobre o lodo;

nem vale o ósculo
que o colibri
cola na pétala;

nem a película
que circunscreve
o fim da célula;

nem o espelho
com sua face
vária e espécula.

Se cada cédula
de cada espórtula
vai para a lápide;

e se o invólucro
oculta o ser
do próprio núcleo,

fica o libelo:
nenhum casulo
emule o óvulo.

a rosa e o míssil

Nenhum viço é
imprescindível,
nem o da rosa,
nem o do míssil.

Tampouco o alvo
está a salvo,
seja ele vaso
ou edifício.

Mas, se o acaso
tem por ofício
tornar possível
o que é difícil,

pode essa rosa
beber a luz
que atravessa
os orifícios;

e pode o míssil,
ao se implodir,
tornar o alvo
inatingível.

às vezes

Luzes	Vozes	Cruzes
às vezes	às vezes	às vezes
cruzam	luzem	vozem
velozes	cruzadas	luzidas

Às vezes

cerberus poem

the sacred   the scared:
and

not the same
but   put

together

hic et nunc

O rosto entre-
visto no espe-
lho da espe-
lunca brinca
como se nunca
tivesse visto
o rosto adunco
que se divide
em meio à trinca.

Mas o outro,
posto que entre-
vendo o que di-
viso, já nem
espera algum
rosto que seja
mero avesso
de outra nuca,
mas este, *hic*,
agora ou nu n c a.

hic et nunca

A pichação
latina
que em barbotina
e tinta gris
habita a barriga
da espelunca
— *Hic et nunc* —
anuncia:
o pouco circo,
a par do cio,
que se aproxima,
não nos livra
da ira
do tirano
nem da fadiga
com que se carpe
o sorgo e o trigo,
mas nunca
o dia.

da solidão de sócrates

Se o que sei
é o sabor
de não saber
o que sei;

e se o Sol
já não sai
sem saber
por que sai;

prefiro ser,
no escuro,
o que não se vê
de uma gruta;

ou, no claro,
qualquer som
que soa e não
se escuta.

Pois se a certeza
de saber
é o acicate
da disputa,

antes beber
o acinte dos céus
que dorme
na cicuta.

copérnico

O deslizar que vi, do Sol, mais que o da Terra,
descerrou-me um horizonte de luz, não de trevas.

E porque me atrevi a ver o giro que é nosso
e não um brinquedo esquivo daquela estrela,

encerraram-me numa torre em que o demônio,
confuso, fundiu-se ao respiro profundo da vela.

o que pousa

Estranho pensar que o que pousa
— granizo, bomba, mariposa —
possa nos assombrar se ousa
explodir nos céus feito louça.

Estranho ver que o que repulsa
— lagarta, água-viva, medusa —
possa ser a estrela que pulsa
no poço em que Narciso pula.

Estranho sentir que o que pende
— bolha, papel, parapente —
possa despencar se descobre
ser mais decadente que o éter.

Estranho saber que o que some,
— bezerro, borrego, homem —
possa provir de alguma fome
que nos atiça e nos consome.

as meias do pai

Para Gilberto Nable

Em casa,
as meias (verdades)
do pai,
            furadas em ledo
desmantelo,
não revelam por inteiro
o anel de cinzas que ele,
um dia, deitou fora
            do cinzeiro.

E na rua (da zona),
alheio ao (falso) brilhante
que a amante ostenta no dedo,
seu olho esquerdo finge
não ver no berço
o corpo morto
de meu (meio) irmão
ignoto que eles, um dia,
à meia luz, fizeram
            por inteiro.

o circo em plena missa

A balbúrdia com os primos
e o bulício no prepúcio
punidos sem muito alarde
com estúpidos suplícios:
não ir ao circo aos domingos
até que boas notícias
nos deem de si os sisos.

Mas o sono mais o sonho
decidem que em plena missa
duzentas santas bonitas
e as setas de quatrocentos
Cupidos em alarido
podem tecer em delírios
o avesso desse interdito.

E o sangue, posto em conflito,
muda a dureza da alma,
traduzida em carne rija.
E o entusiasmo de deus,
disfarçado sob o zíper,
faz descerrar as cortinas
do meu circo em plena missa.

segunda canção do exílio

No meio da matinê
ouvi o aviso do sino:
é cedo pra ser adulto,
é tarde pra ser menino.

terceira canção do exílio

O pé de amora plantado
no dia que não vivi
viceja de hora em hora,
mas sempre longe daqui.

E de sabê-lo existente,
o sabor sei que se molha,
rubro de amor, não de amoras,
na boca em que não bebi.

in media res

Parei
atônito
esperando
a morte
que não
viria
se eu não
tivesse
parado.

(E o anjo
que inter-
pelei
perguntando
o que era
afinal
a vida
forneceu-me
o formicida.)

polução noturna

faz
escuro
e frio
mas
libélulas
livres
da luz
e do cio
pululam
leves
sobre
a face
impoluta
do rio

tempestade em corpo d'água

Tempestade é pouco
se o que chamas de copo
abarca o corpo do outro.

O copo mesmo é pouco
se o que chamas de corpo
é barco solto no espaço.

O barco também é pouco
se o que chamas de espaço
é água que enleia o lodo.

E o lodo pode ser gozo
se entre cinzas te acende
o barco, a boca e o corpo.

sonho de uma noite de morfeu

(Sobe o pano. Ambiência neogótica, ao modo de uma litogravura de Gustave Doré. Nevoeiro cada vez mais denso. Ao canto esquerdo, sobre um rochedo, Morfeu, em posição similar à do Pensador de Rodin. Ao canto direito, também sobre um rochedo, Proteu, em idêntica postura, quase como um reflexo de Morfeu.)

(Observação: dado o definitivo triunfo do lugar-comum, não deve o diretor ter receio de usá-lo ao compor o cenário e as figuras dramáticas.)

MORFEU:

A mim, me chamam Morfeu,
o feio, o fel, o esguedelho,
o que desceu aos infernos
por se avistar num espelho;
o que não sabe o que é dedo,
o que é membro, o que é artelho;
o cego que compartilha
com quem se lhe tolhe a vista
o medo do que é eterno
e o horror ao que é inteiro.

PROTEU:

E a mim, me chamam Proteu,
o acrescido, o proteiforme,
o probo, o protuberante,
da tromba troncha que tenho,
de homem não, de elefante,
pois deus, que a alguns atende,
pôs-me à cara esses corocos,

esse reboco de troços
que vão me tornando monstro
dia a dia, pouco a pouco.

MORFEU:

Aos poucos também a lepra
vai cerzindo em minha pele
o estrago que bem entende,
fazendo sem muita festa
e nunca a passo de lebre
que a queda seja ela mesma,
sem símbolo e sem metáfora,
sem fantasma ou avantesma,
como a dor que nunca sinto,
mesmo se à beira do abismo.

PROTEU:

Se dor matasse, eu morria
cinco vezes de hora em hora,
sessenta vezes por dia.
Ao menos não sentes dores,
não tens no plano da pele
nem fogo que inteiro o queime
nem inverno que o regele.
Por ter a dor como sina,
devo ao amorfo que sou
o amor que tenho à morfina,
e desse amor, me parece,
não se morre nem se ganha

consolo qualquer que seja
maior do que a dor que cresce.

MORFEU:
É certo que dor alguma
me faz visita ou carícia,
mas a dor o que é senão
saber-se vivo na pele?
Seria bom se algum dia
soubesse a dor que há no toque
da mão que empunha um martelo,
uma serrilha, um garrote.
Provar o forte dos dentes
da mandíbula canina,
que nos atraca e sacode
e estala enquanto nos morde.
Seria boa essa dor,
essa mordida de vida,
muito melhor do que o nada,
que não consente o amor
e ao cabo também nos morde,
mais do que os cães e os garrotes.

PROTEU:
Só quando em sonho me veio
algum enleio de morte
que fosse certo e indolor,
é que lembrei-me de ti
e vim do meu próprio sonho

buscar-te a luz de um conselho.
Sendo do sonho o meu reino,
a mim não seria estranho
sonhar ser Morfeu um dia
e ter da dor o tamanho
que o nada tem em seu ninho.
E, se o sonho nos reflete,
vim, para que em ti me veja,
sem espasmo e sem espanto,
vestir-te na pele um manto
feito de cacos de espelho.

MORFEU:

A bem dizer, nem eu sei
se existo mesmo ou se sonho,
e se no sonho em que vivo,
sonhas o sonho que sou,
mesmo bisonho e atroz,
como o deus que assim me quis,
como a lepra que me impôs.
Se é esse o sonho que sou
e queres também sonhá-lo,
devo contudo avisá-lo
que sonho somado a sonho
não passa de uma cortina
que despenca e que nos cobre
como a névoa que se adensa
ao final dos pesadelos.

PROTEU:

Eis que a vida, ou seja, o sonho
de Proteu não passa disso:
ser de Morfeu contrassonho
e desse avesso extrair
do contrassenso um sentido.
Mais do que a Morte, Morfeu,
nos espera o definhar
lento e sozinho, no fel,
sem cama e sem camafeu.
E enquanto o tempo for tempo
e deus fingir-se nenhum,
desintegrar, mesmo em vida,
nesse campo pouco santo
a que os mortos, quando vivos,
chamaram Cafarnaum.

(Morfeu não responde, mas vê-se em seu rosto disforme e inexpressivo o correr de una furtiva lagrima. *A essa altura, a névoa deve estar densa a ponto de quase impedir que se vejam as figuras dramáticas. Desce o pano. Lento. Como a lepra).*

III — LAGAR DE FALA

LAGAR. s.m. Oficina com os aparelhos e instrumentos necessários para se reduzirem a líquido certos frutos e mais produtos naturais.

FALA. s.f. Voz articulada, a expressão do pensamento pela palavra. || Discurso, arenga. || Frase, dito. || Colóquio, diálogo. || Interpelação, interrogação, alusão expressa por palavras. || Tudo o que alguém diz ou imagina ter dito. || O tom e o timbre da voz, segundo é forte ou fraco, áspero ou agradável. || Locução, estilo, palavra, modo de falar. || Modo de qualquer exprimir os seus pensamentos sem ser por meio da palavra. || Letra de canção ou cantiga.

Caldas Aulete, Dicionário Contemporâneo da Língua Portuguesa

caminhante

Caminante, no hay camino.
ANTONIO MACHADO.

Caminho não há, caminhante,
somente este risco fino
de estilete ou canivete
na fronte de um elefante.
E os prêmios que te prometes,
bola de gude, chicletes,
caminhão de diamantes,
são engodos delirantes
da armadilha em que te metes.

Caminho não há, caminhante,
e o que pensaste ser bússola,
guia, guizo, silvo, sino
não passa agora de um hino
em louvor ao labirinto.
Não o que trazes no ouvido,
em cera e sono esculpido,
mas o que trazes no peito,
feito de olvido e de espinho.

Caminho não há, caminhante,
nem estrela que o aponte,

pois que em meio ao desnorteio
e à ferrugem dos ponteiros
o leste se fez poente
e a rosa, que era dos ventos,
já não é ponte nem liga
o norte que havia ontem
ao sul que haveria hoje.

Caminho não há, caminhante,
mas a certeza da sede
e um focinho de morcego
cego, em farejo da fonte.
Ainda assim, não te importes
(pouco importa ao horizonte
se estás de frente ou defronte):
faz-se por si o caminhante,
por mais que o caminho o afronte.

]

imarcescível

Uma rosa é uma rosa é uma rosa é uma rosa.
Gertrude Stein.

Um homem é um homem.
Bertold Brecht

"Imarcescível", me diz a sombra
sobre o desejo de marcha
que impele o homem
à rosa.

Mas será ainda desejo
se murcho já estiver
esse desejo de marcha
que impele o homem à rosa?

E será ainda marcha
se murcho estiver o homem
que vai impelido
à rosa?

E será ainda homem
esse que marcha já murcho,
pra desespero da rosa?

E rosa será ainda
se murcha já estiver
a fome que impele a marcha

do homem desejoso
da rosa?

E acaso haverá ainda
a palavra 'imarcescível',
intacta, imaculada,
se um dia não mais houver
o desejo? a marcha? o homem? a rosa?

lagar de fala

Em Bengo, Rocha Miranda,
Bié ou Trafalgar Square,
cavalgar o verbo requer
qualquer coisa que ande à roda
e que roa mais do que a roupa
do rei que já não se quer.

Para cavalgar palavras,
carece alargar a tala
do osso que não se larga,
e na carestia da ilharga,
saber que o engonço do verbo
não vem tão fácil ao verso
como o vento vem ao feno.

Se o verbo fareja a festa,
convém alongar a onda
que liga o barco às marés
e faz com que a fala seja,
mais que um saveiro à deriva,
um belo salto de impala,
uma trívia de tiriva.

Se é festa em que se embriaga,
convém estalar a roda
que prensa uva e palavra
na crença de que se extraia
das bagas do rosto o suco,
o mosto, a soda ou o muco
do muito que em cada músculo
era vinho e nem se via.

descrença

Digo dis-
lates
se o que trans-
mito
me des-
figura.

Fico dis-
perso
se o que dis-
penso
não me per-
turba.

Volto ao dis-
curso
se o que dis-
ponho
não me con-
vence.

Sigo des-
feito

se o que pro-
curo
me faz des-
crente.

pântano de papiro

Meu verso não é fluido
como o curso do rio.
Se o prendo além do crivo
da letra, algum cicio,
algum sussurro ou resto
de gesto ou de murmúrio
enrosca-se entre as rugas,
entre as folhas do livro,
margem suja do Nilo,
pântano de papiro
em que todo bocejo,
todo lampejo vivo
almeja ser um canto
de lírio em pleno rio.

pilão galvanizado

Para Carlos Machado
e Donizete Galvão

Esse pilão
galvanizado,
preso no tempo,
solto no espaço,
interrompido
como tormenta
que desmorona
sem dar aviso,
repete no ar
o gesto esquivo
de quem não pila
apenas milho,
café em coco,
paçoca seca,
arroz em casca.

Antes reflete
o olhar bifronte
da mó que esmaga
verticalmente
o sul e o norte
e acende a chama

que dorme onde
o céu começa
e o chão acaba,
curando a óleo
o fio da frase
e o pó de letras
com que se engoma
cada poema.

o avesso do verso

O avesso do verso
não será a água
em pó nem a pedra
líquida ou sopro
que nunca liquida
o que é puro e raro,
um rabo de arraia,
um ovo de equidna.

Tampouco será
o avesso da taça
de aniz e absinto
descrita num livro
roído de traças,
nem feio abcesso
em meio à sutura
que nunca se fez
na face desfeita.

Nem mesmo ave rara
que se despetala
como uma açucena
despida das penas
que nunca tivera.

Vede: ao léu e a esmo,
o avesso do verso
é o verso em si mesmo.

poética

Diegese! — grita o crítico
entendido, estendido
na *long-chaise.*

Digestão! — grita a lírica
encardida, escandida
sem pretensão.

o moleiro e o esmoler

Para Cecília Meireles
e João Cabral de Melo Neto

(O irmão esmoler que passa; o irmão moleiro que fica.)

O ESMOLER:
Moleiro, ó irmão moleiro,
por que tanto enches de trigo
a boca desse moinho?
Acaso tem fome a pedra,
maior ou igual à nossa?
Fome que fere e que aflora,
que destroça e dilacera
deixando de fora os dentes
da fera que nos devora?
Tens acaso amor à pedra,
maior que à mulher que emprenha,
maior que ao Deus que me emprega?

O MOLEIRO:
Irmão esmoler que passa,
não é por amor à pedra
que deito o trigo ao moinho;
a fome da pedra é pouca,
maior é minha desgraça,
pois que à espera tenho em casa

dez moleiras de menino,
dez bocas a que o destino
dia após dia as esmaga.
Todas choram, todas gritam
à espera do pão que assa,
e sei que nenhuma delas
tem dentes como essa pedra
que ao duro trigo mastiga
para que o pão aconteça.

O ESMOLER:

Bem quisera eu ter tais bocas,
tais moleiras à espera
da mão que já nada afaga.
Mas diga, irmão moleiro,
acaso é mal neste mundo
ter alguém por quem se espera
quando se espera também?
E pergunto, irmão moleiro:
se vê nisso algum castigo
sem haver pena a pagar,
por que também não se larga
às dores e aos caprichos
desse caminho que sigo?
Por que não recolhe a rede
que te prende a essa pedra
e aos desígnios do trigo?

O MOLEIRO:

Irmão esmoler que passa,
não se vê, mas há um eixo
que prende meu corpo à pedra,
e de caminho conheço
só o que me leva e que liga
casa, moinho e capela.
Não tenho essa boa estrela
de ter, como o irmão que passa,
essa sina de cigano,
de só andar e fazer
da roupa do próprio corpo
a pele da própria casa.
Sou barco ancorado à pedra,
e mesmo que esteja ao leme,
deixando as cordas retesas
e abertas as minhas velas,
o vento que vem me bate,
mas ainda assim não me leva.

O ESMOLER:

Se não me engano, cigano
é quem anda sempre a esmo,
preso ao próprio caminhar,
montando tenda onde esteja
e estando onde o mundo está.
Vagar por ser livre é voo,
vagar por dever é pena,
e o céu que tenho por perto

não passa de uma miragem
impressa num chão de pedra.
Não ando a esmo, moleiro,
há uma razão que me move,
embora a ninguém revele;
razão de culpa, não nego,
de manchas que não se lavam,
de que dão prova as feridas
que trago no corpo ainda
em partes que não desvelo.

O MOLEIRO:

Não sei de filosofias
que não sejam digestivas,
mas sei que nos pergaminhos
há quem pense e há quem diga
que o moinho e o caminho
são primos no seu destino
por trazerem em seu imo
a mesma alma de pedra.
Se o trabalho também purga
qualquer pecado ou ferida,
por que não paras comigo
e não fazes do moinho
uma outra forma de fuga?
Por que não móis a ferida
engastada em tua alma
fazendo nascer do trigo
uma outra sorte de vida?

O ESMOLER:

Nada mais falso, moleiro,
porque o caminho não é
para o pé como um moinho,
nem é o pé como o trigo,
que, na labuta da pedra,
de duro se faz farelo,
ao passo que o pé se empedra
ao toque duro da pedra.
Meu moinho, irmão moleiro,
é meu canto de esmoler,
essa moela que move
boca, goela e cantar.
E por já não distinguir
as dores vindas do canto
das que vêm do cantador,
com ele é que vou moendo,
enquanto ele, sem mais,
moendo também me vai.

O MOLEIRO:

Mas meu irmão esmoler,
acaso não vais moendo
as palavras com que pedes
moedas aos degredados?
E na sacola que trazes
não móis sem muito cuidado
as sempre mesmas moedas
de putanas e soldados?

E não te assalta o receio
de que algum Iscariotes
te deite no seio delas
exatos trinta dinheiros?

O ESMOLER:
É da alma do esmoler
não ver se vem com anéis
a mão que deita as moedas;
nem ver se no meio delas
alguma já vem com pena
de culpa velha a ser paga
em purgatórios do céu
ou em masmorras da terra.
Nisso vou com o adágio
que se diz em toda parte,
que arte, amor e dinheiro
não têm fedor nem têm cheiro,
e nisso bem menos erra
quem mais aceita que nega.
De amor não tenho vivido,
mas trago comigo os cobres
de quem dele faz seu trigo,
feito nas artes da guerra.

O MOLEIRO:
Então é bom esse oficio
de ser cometa de estrada
e ver sem vexame ou chaga

a luz que o vagar nos dá.
Não sei de ofício senão
deitar sob a mó o trigo
e dele extrair o tino
do pó assim reduzido.
Meu pai também foi moleiro
e filho meu que vingar
terá a barra da mó
por companheira de obrar.
Por certo nos morde a pedra
como ao trigo que mastiga
e dela sempre saímos
mastigados, digeridos,
tornados nessa matéria
que a tripa devolve à terra.
Mas é o que tenho, esmoler,
e o saber que dessa roda,
dessa fortuna vulgar,
não escapamos tão cedo,
não antes de termos medo
de ouvir da morte o chamar.

O ESMOLER:

Que ao menos não chame cedo,
se não se pode evitar.
O certo é que ela vem antes
a quem ao tempo se prende,
a quem se rende ao suplício
de contá-lo noite e dia

em seu ofício vulgar.
Se diz do tempo que cura
gota, rancor e amargura,
mas não é ele quem mata
a alma do que se esgota
e o viço do que perdura?
Por isso enterrei meus sisos
em sítio que não diviso,
e, de tanto andar caminho,
perdi no espaço a ampulheta
com que media meu tempo.
Sei da chuva, sei do vento,
mas não de outubro ou novembro.
Não é assim que se engana
a morte que o tempo inscreve
em nosso livro lunar?

O MOLEIRO:
Não creio, irmão esmoler,
que o tempo inscreva de tudo
nesse livro em que, por certo,
cada morte tem lugar.
Pesa-me menos a tinta,
menos o que aí se escreve
do que as frases que ele, tempo,
apaga sem perguntar.
Eu mesmo, irmão esmoler,
já não me apagou o tempo
qualquer lembrança que tinha
de vida que fosse minha?

Não vão perdidos meus dias
nesse mesmo e só inferno
que consome por inteiro
a luz de qualquer sujeito,
seja esmoler ou moleiro?

O ESMOLER:
Ó meu ingênuo moleiro,
é mister não confundir
boca de forno e de inferno;
se o fogo de um é eterno,
o do outro não conhece
primavera nem inverno;
boca de forno se apaga
tão logo se acabe a lenha,
mas a outra não se extingue
enquanto Deus seja Deus
e o sol no céu se mantenha.
E se o sujeito traz culpas
ocultas nas suas vestes,
melhor cosê-las no céu
que as ir cozendo no inferno.

O MOLEIRO:
Não vejo a que ponto chegue
esse colóquio em que vamos.
Já não sei verbo que empregue
que não tenha como paga
qualquer coisa que me negue.

Saída melhor não vejo
senão perguntar à pedra
se certo é quem vai por ela
ou quem a ela se prega.

O ESMOLER:

O irmão, ao que parece,
também cresceu de moleiras
expostas ao sol e ao vento.
Se tivesses bom juízo
já terias percebido
que pergunta feita à pedra
não ganha mais do que eco,
pois mesmo o grito das grutas,
a quem se pede conselho,
é grito da nossa voz,
devolvida como espelho.
O melhor mesmo é que siga
cada qual o seu destino,
o seu desígnio de pedra,
seja estar a ela preso,
seja por ela vagar.
Vou-me, pois, sem dor ou paga,
aonde o pé e a estrada
decidirem me levar.
Até mais dia, moleiro,
ainda que o dia seja
do Juízo a nos chamar.

(Segue o irmão esmoler e, sem que o moleiro o ouça, pergunta às pedras do chão):

O ESMOLER:

Agora que estamos sós,
meu companheiro caminho,
espero que tu me digas
se está certo quem se faz
ao largo de tuas costas,
sem outro ofício ou obrar;
e se o ser de quem se faz
se esvai nesse caminhar
ou se ao contrário é a pedra
que extrai do ser caminhante
algum ser que seja dela.

(Não lhe responde o caminho, mas pensa ao longo de si)

O CAMINHO:

Nem mesmo sei quem és tu,
que lanças nessa sacola
essas moedas de cobre
e que me assolas o dorso
com tuas dores de culpa.
Dos pés só te vejo as solas
e menos vejo sentido
na ladainha que fazes.
Não vou nem tampouco vais
a casa ou lugar algum.
Eu mesmo não sou eu mesmo,
pois cada passo que abrigo,

a cada tempo seguinte,
empurra meu curso esguio
no rumo do infinito.
Quem deita os pés sobre mim,
disposto a seguir meu trilho,
pensa que vai, mas não vai:
sou eu que por ele sigo
ao mesmo tempo em que fico.

(O moleiro que fica, sem que o veja o esmoler, pergunta à mó do moinho):

O MOLEIRO:
Ó moinho, meu irmão,
tu que à espera não tens
boca qualquer de menino
nem fome qualquer de pão
ou pecados a pagar
de culpas outrora postas;
tu que és da mesma matéria
do chão a que o pé se entrega;
tu que ficas e que vais
sem perder a natureza
feita de tempo e de pedra;
diz-me, pois, irmão moinho,
se não tens fome nem fogo
nem pecados a pagar
por que te moves sem rogo,
sem razão, sem precisar?

(Não lhe responde o moinho, mas pensa, dentro da pedra)

O MOINHO:

Não sei por que me perguntas
se penso a pedra que sou.
Meu pensar não passa disto:
prenso, logo existo, e nisto
reside qualquer cuidado
do que em mim se faz sentido.
Não tenho a face perdida,
que espelho nenhum me mira.
Moo porque o grão existe,
e minha boca é contente;
não sou alegre nem triste,
sou movente.

escatologia

Há uma aura que sobra
depois que te fazem,
faex, verbo da feia forma.

Mesmo se às vezes borras
a dobra anelar do olho
daquele que te obra;

mesmo se desmoronas,
arroba por arroba,
peso morto de porta;

mesmo se em diarreia,
que te arranca tão cedo
ao sonho e corrobora

a quimera de seres
não estrela da tarde,
mas cometa da aurora;

mesmo se algum dos deuses
te dê forma de homem
e te assopre ao ouvido:

Memento homo, quid
barro *erat et in* barro
fétido, *reverteribus.*

urfaust

Não vai da valsa extrair
da falsa fossa da alma,
as fezes e as esmeraldas.

A alma, posta no torno,
já pouco distingue o fogo,
se do inferno ou se do forno.

Tampouco o oco da boca
sente e distingue os sabores,
se de deus ou se dos bodes.

Não chega para uni-los
nem o afago do esôfago
nem o rancor do estômago.

Não há sequer o que impeça
que em fezes se desintegrem
na intestina *smarrita* via:

poetas em desespero
(con)fundem bocas de forno
com o esfíncter do inferno.

werther aos pivetes

Vestidos de canivetes,
os pivetes do Catete
roubaram-me sem saber
Os sofrimentos de Werther.

Quis verter este espetáculo
(inédito, ao que parece)
em versos nédios capazes
de subverter o folguedo:

"Vede, ó musa dos guetos,
o inútil desse brinquedo,
desse engodo que é lançar
restos de Goethe ao esgoto."

O que ouvi em resposta
(eco, revérbero seco)
veio-me em postas de riso
do beco em que me meti

e onde aprendi, por desplante:
nas furnas surdas do mundo,
não há cantiga nem verso
que o diabo não descante.

E eu, infante, me ri
por saber que neste instante
o diabo se diverte
lendo *Werther* aos pivetes.

[poemas já publicados em revistas e antologias]

MACHADO, Júlio. Pilão galvanizado. In: DAMAZIO, Reynaldo; PROENÇA, Ruy; MELO Tarso de. (orgs.) Outras ruminações. São Paulo: Dobra Editorial, 2014. p. 38.

MACHADO, Júlio. "Hic et nunc"; "É isso um osso?"; "In media res"; "Da solidão de Sócrates"; "A montra". In: Revista Brasileira, nº. 95. Rio de Janeiro: Academia Brasileira de Letras, 2018. p. 131-136.

MACHADO, Júlio. "Mensagem". In: TIBURI, Márcia; Maffei, Luís (orgs.). Ato poético. Poemas pela democracia. Rio de Janeiro: Oficina Raquel, 2020. p. 79-80.

MACHADO, Júlio. "Lobotomia". In: Opiniães — Revista dos alunos de Literatura Brasileira (USP), nº. 17. São Paulo: Universidade de São Paulo, 2020. p. 642-643.

*O poema "In media res" integrou também a série "cartão-poético", produzida pelo site poesia.net.

■ primeira edição
■ junho de 2022